AF189400

Coach

AktivierungsCoach.de

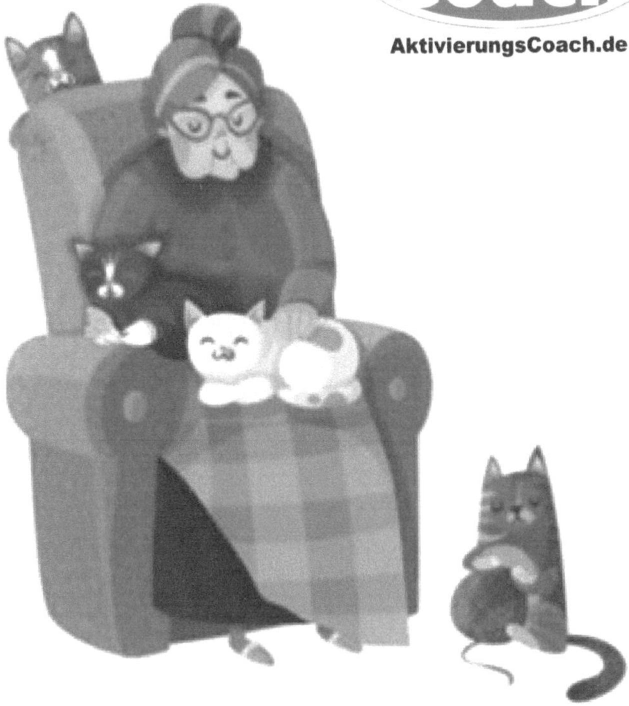

Kurze Geschichten für Senioren

Seniorenbetreuung / Seniorenarbeit

Bibliografische Information
der Deutschen Nationalbibliothek:

Die Deutsche Nationalbibliothek verzeichnet diese Publikation
in der Deutschen Nationalbibliografie; detaillierte
bibliografische Daten sind im Internet über
http://dnb.dnb.de abrufbar.

Aktivierungscoach.de präsentiert:

Die seltsamen Abenteuer der

Luise

Ideal zum Vorlesen im Rahmen einer lustigen und humorvollen Seniorenbeschäftigungsrunde in Seniorenheimen

Copyright © 2019 by Denis Geier
Korrektorat: Jennifer Rößler
Quellenangabe siehe Seite 52
Herstellung und Verlag:
BoD – Books on Demand, Norderstedt
ISBN: 9783748171515

Sie finden uns im Internet unter:
www.AktivierungsCoach.de

DAS EI DES KOLUMBUS

Liebe Freundinnen, was drängt ihr mich so, euch wieder eine Geschichte zu erzählen! Wahrhaftig, was ich erlebe, das könnte jeder von euch passieren.

Neulich beispielsweise ging ich in die Stadt und wollte nichts weiter als einen Teppich kaufen. Natürlich gehe ich dann zu Ephraim, mit seinen kostbaren handgeknüpften Teppichen. Ephraim ist ein Freund von mir, weil ich ihm früher geholfen habe, Deutsch zu lernen. Das war nicht einfach gewesen, weil er sich kein Wort länger als fünf Minuten merken konnte. Ich konnte ihm doch nicht alle fünf Minuten dasselbe wieder und wieder sagen! Ich war verzweifelt, das könnt ihr euch denken, doch dann habe ich einen Papagei gefunden, der lernte schnell und gut und hatte seine Freude daran, ununterbrochen die Worte zu wiederholen, die er aufgeschnappt hatte. So hat Ephraim also Deutsch gelernt.

Jedenfalls fand ich da einen Teppich, in den ich mich sofort verliebte. Er war tiefschwarz mit silbernem Rand, und in der Mitte legte eine blaue

Gans ein goldenes Ei. Ich musste ihn haben. Doch dieser Kerl wollte und wollte ihn mir nicht verkaufen: „Frau Luise, bitte, nehmt einen anderen, nehmt 10, 20 Teppiche, so viele Ihr wollt, doch lasst mir diesen!" Ich bestand aber darauf, da half kein Betteln und Flehen. Als ich zur Tür hinausging, das gute Stück unter den Arm, rief er mir noch nach: Nur eines versprecht mir: „Setzt Euch niemals darauf und schlaft um Himmels willen nicht ein!" Nun, ich versprach es. Aber zu Hause dachte ich nicht mehr daran. Ich bin schrecklich vergesslich.

Wovon sprach ich gerade? Ach ja, der Teppich mit dem silbernen Rand. Er sah so gemütlich aus, und am nächsten Abend setzte ich mich einfach darauf und strich durch die flauschige Wolle. Es knisterte und wehte, und da erhob sich das Ding mitsamt mir altem Weibe und flog schnurstracks zum Fenster hinaus und steil zum Himmel hinauf, als wolle er zum Mond schießen, der eben seine bessere Hälfte über den Horizont schob. Ich erkannte am Polarstern, der schräg hinter uns leuchtete, dass wir nach Südwesten flogen. Nach kurzer Zeit schon sah ich die Lichter einer großen Stadt unter uns, und als ich den Eiffelturm gewahrte, rief ich: „Teppich, edler Teppich, setz mich ab dort unten in Paris! Du magst allein weiterfliegen, wohin es dir gefällt."

Doch dieses dumme Ding beachtete mich gar nicht. Noch schneller flog es nach Südwesten, wir erreichten die Pyrenäen in einem Augenblick, flogen in dunkler Nacht über Spanien hinweg, und bald schon kam Gibraltar in Sicht! Dann wurde die Fahrt langsamer, er senkte sich, beschrieb eine weite Kurve und landete im Innenhof eines Palastes. Nun, das ist wahrlich nichts Besonderes, in Afrika und im Orient gibt es viele davon, und wo sollte ein Teppich besser landen?

Erleichtert war ich aber doch, als ich wieder festen Boden unter den Füßen spürte. Es war ein sehr feiner, goldgelber Sand, fast Staub könnte man sagen, und er schimmerte im Mondlicht wie reinstes Gold. Geld schien man also dort zu haben, und darüber war ich froh, denn wo es Geld gibt, da gibt es auch Kaffee.

„Hallo? Ist hier jemand?" Eine lange Marmortreppe führte nach oben, und ein einladendes Licht leuchtete von dort aus den Fenstern. Ich hörte leise Musik und folgte ihr, bis ich in einen großen Saal gelangte, in dem ein reich gekleideter Mann allein und scheinbar verbittert den Kopf zwischen den Händen hielt und auf einem prachtvollem Diwan ruhte. Er schien in Gedanken versunken, und ich überlegte, wie ich ihn ansprechen sollte, und fragte schließlich: „Entschuldigen Sie, könnte ich wohl eine Tasse Kaffee bekommen? Ich bin müde von der Reise auf dem verrückten Teppich."

Sofort klatschte er in die Hände, und ein Diener erschien und brachte auf einem silbernen Tablett eine silberne Kanne und schenkte mir ein in eine Tasse von Elfenbein. Es duftete köstlich. Eben wollte ich einen Schluck nehmen, als der Herrscher aufsah und mich fragte:

„Teppich? Seid Ihr auf einem Teppich gekommen?"

„Ja, genau. Er liegt unten im Hof, wenn Ihr ihn sehen wollt."

„Ist er schwarz, und ist sein Muster eine tiefblaue Gans in der Mitte?"

„Ja, genau", bestätigte ich.

Er stand auf und kam erregt auf mich zu. „Das Ei des Kolumbus", sagte er geheimnisvoll.

„Viele Jahre haben wir gehofft und gewartet, seit ein böser Mann aus Portugal oder Italien uns diese Aufgabe stellte. Seid Ihr die Frau, die es vermag, das Ei der blauen Gans so auf die Spitze zu stellen, dass es stehen bleibt?" Er sah mich erwartungsvoll an.

„Wenn es weiter nichts ist", sagte ich, „bringt das Ei nur herein."

Wieder klatschte er laut und befehlend in die Hände.

„Es sei! Doch wisset, o weiseste der Frauen, wenn Euch dieses Kunststück gelingt, erlöst Ihr uns und erhaltet reiche Belohnung. Wenn aber nicht, versinkt Ihr mit uns in ewigen Schlaf." Da kamen vier Diener und trugen auf einer Sänfte ein riesiges Ei aus purem Gold. Mit vereinter Kraft rollten sie es auf den Tisch. „Nun?", fragte der Herrscher.

Ja nun, ich saß schön in der Patsche. Wie sollte ich es heben, geschweige denn eindellen und hinstellen, wie ich es geplant hatte? Da hörte ich ein Rauschen in der Luft, und unvermittelt schwebte der schwarze Teppich neben mir. Sollte ich rasch aufsteigen und der Gefahr entrinnen? Nein, das ging nicht, was würde dann mit den armen Leuten im Palast geschehen? Was tat ich also? Ich nahm den Teppich, bauschte ihn so zusammen, dass eine Kuhle entstand, legte ihn auf den Tisch und befahl den Dienern: „Rollt das Ei so darauf, dass es auf der Spitze steht!" Und ob ihr es glaubt oder nicht, es gelang. Ein Donner rollte durch den Palast, Fackeln flammten auf, junge Frauen und Männer kamen von überall her und es gab ein großes Gelächter und Umarmungen und Tanz.

Ich war müde geworden von all der Aufregung. Meine Belohnung erhielt ich in einem großen Sack, und ein anderer fliegender Teppich wurde herbeigebracht. So war ich vor Sonnenaufgang wieder daheim und konnte noch ein Nickerchen machen. Was in dem Sack war, wollt ihr wissen? Nun, ihr trinkt gerade davon. Es waren die besten Kaffeebohnen der Welt.

KATZENJAMMER

Oma Luise schlapft gemächlich in ihre Küche, in der es pfeift wie auf einem Dampfschiff. Das Wasser für den Tee schiebt Dampf durch die Öffnung der Kanne hinaus. Am liebsten mag Oma Luise, wenn sie ihre Teelade öffnet und mit dem Finger sanft über die vielen verschiedenen Päckchen streift. Oma Luise hat eine Menge an Teesorten auf Lager. Die braucht sie auch, denn sie bekommt immer sehr viel Besuch. Der Besuch muss natürlich mit frisch aufgebrühtem Tee verwöhnt werden.

Heute sind die beiden Enkelkinder zu Gast. Maria Luise, im zweiten Namen nach ihrer Großmutter benannt, und Theodor. Die beiden sind acht und neun Jahre alt, altersmäßig also sehr knapp beieinander und auch sonst ein gutes Team. Jeden Mittwoch nach der Schule trudeln sie bei Oma Luise ein.

Die hat gerade das Teesortiment für die beiden ausgewählt. Walderdbeere mit Brombeerblättern sollte Maria Luise diesmal kosten, und Leckermäulchen Theodor bekommt Schoko-Karamell. Oma Luise gießt das frisch aufgekochte Wasser über die Teemischungen, die in feinen Stoffsäckchen aufbewahrt sind, und riecht die ersten Düfte der beiden Sorten. Oma Luise liebt es, verschiedene Teesorten zu besorgen und ihre Gäste beim Kosten zu beobachten. Sie selbst trinkt allerdings nur eine einzige Sorte. Zitronenverbene aus Sizilien. Das macht sie schon seit mittlerweile 37 Jahren und nicht ohne Grund. Der Grund für diese Teeauswahl ist eine wahrhaft abenteuerliche Geschichte.

Von denen hat Oma Luise übrigens sehr viele auf Lager. So viele wie sonst vielleicht kein anderer Mensch. Meistens sind sie auch so abenteuerlich, dass man sie nicht ganz glauben kann. Aber hören möchte sie jeder, und das immer und immer wieder.

Oma Luise trägt das Tablett mit den Teetassen in ihr Wohnzimmer. Maria Luise und Theodor kuscheln schon zwischen dicken Polstern in der Couch. Auf dem Couchtisch stehen Kekse mit

Schokolade und welche mit Haferflocken oben drauf. Die bleiben meistens übrig, während die mit Schokolade als Erstes weg sind.

Die dicke Katze Berta schnurrt um Oma Luises Füße herum und will auf das Sofa. „Berta, Berta", seufzt Oma Luise. „Kinder, was ich mit dieser Katze schon mitgemacht habe! Eine Abenteuerkatze, wie sie im Buche stehen müsste." Berta steht allerdings gerade direkt an der Tischkante und hofft, ein paar Kekse zu ergattern. „Wie kam Berta eigentlich zu dir?", fragt Maria Luise, die noch nie darüber nachgedacht hat, wie Berta zur Oma kam.

„Ach, das glaubst du nicht", sagt Oma Luise bedeutungsvoll und stellt die Teetassen ab. „Die Berta ist schon seit vielen Jahren hier. Sie ist 40 Jahre alt, für eine Katze ein stolzes Alter."

Die Kinder knabbern erstaunt an ihren Keksen. Sie haben im Biologieunterricht gelernt, dass Katzen durchschnittlich 15 bis 20 Jahre alt werden, und Berta sieht eigentlich noch recht fit aus.

„Berta ist eine Rassekatze", erzählt Oma Luise. „Sie hat in ihrer Jugend Hunderte von Preisen gewonnen und war immer die beste Katze auf

Zuchtschauen. Sie hat einem Katzenzüchter gehört, der war sehr stolz auf die Berta. Jedes Jahr hat er von ihr junge Kätzchen bekommen und ist mit ihr auf Zuchtschauen gefahren. Berta war im ganzen Land bekannt. Der Züchter hat mit ihr sehr viel Geld verdient. Ihre Jungen konnte er immer recht gut verkaufen. Der Züchter und Berta haben in meiner Nähe gewohnt." Oma Luise macht eine ausschweifende Handbewegung Richtung Fenster und streckt den rechten Zeigefinger gegen Osten. „Dort, in dem grünen Haus, das ganz verfallen ist inzwischen. Wisst ihr, welches ich meine? Oh, dieses Haus, da könnte ich euch Geschichten erzählen …"

Maria Luise und Theodor nehmen vorsichtig einen Schluck Tee, der langsam eine trinkbare Temperatur erreicht. Jeder hat eine andere Tasse, auch die Tasse der Oma passt nicht zu den anderen. Das wunderte die Kinder schon immer, warum jemand, der so gern Tee machte, kein Teeservice hatte!

„Jedenfalls hat die Berta Jahr für Jahr nichts anderes gemacht, als bei Zuchtschauen auf und ab zu spazieren und Junge zu bekommen. Sie war immer eine gute Mutter, aber ich glaube, irgendwann wollte sie eine Pause. Ihr Besitzer wurde immer reicher und reicher und wollte trotzdem noch mehr Geld. So hatte er den Plan gefasst, dass Berta zweimal im Jahr Junge bekommen sollte. Da fing es an, und Berta veränderte sich stark. Sie ging dem Züchter aus dem Weg und begann, ihre Jungen zu verstecken. Das trieb ihm Schweißperlen auf die Stirn! Er sah seine Schweinchen schon schwinden. Tagelang und nächtelang suchte er Bertas Kätzchen, und als er sie schließlich fand, war Berta weg! Er musste die Jungen selbst mit dem Fläschchen aufziehen, das kostete ihn sehr viel Kraft und Zeit."

Die beiden Kinder schlürfen ihren Tee und staunen darüber, wie clever die Rassekatze Berta wohl ist. Sie sind gespannt, was all das mit der Oma zu tun haben würde. „Während der Züchter sich mühte und sorgte, kam Berta immer öfter bei mir zu Besuch", sagt die Oma. „Zuerst hab' ich das gar nicht bemerkt. Es fing mit ungeheuerlichen Geräuschen an. Mitten in der Nacht schreckte ich damals auf, weil mir ein Schauer über den Rücken lief. Nach dem ersten Schreck habe ich schon bemerkt, dass eine Katze vor dem Haus war. Ich habe mir dann nicht viel dabei gedacht. Mit der Zeit aber bekam ich das Gefühl, die Katze wäre eigens für mich gekommen und wollte mir etwas sagen. Nach ein paar Tagen Katzenjammer stellte ich mich ans Fenster und lauschte", erzählt die Oma. „Luuuuuu-iiiiiii-seeeeeee. Lu-iiiiise! Plötzlich konnte ich sie verstehen! Ich schaute beim Fenster hinaus und sah Berta, die berühmte Rassekatze. Ich bekam einen Schreck, weil das teure Tier doch zu Hause sein sollte. Berta fauchte und kratzte mich, aber ich brachte sie heim. Berta kam dann immer frühmorgens zu mir, und ich brachte sie wieder heim. Jeden Abend allerdings ein bisschen später, sie war mir mit ihrer Hartnäckigkeit ans Herz gewachsen. Schließlich beschloss ich, Berta zu kaufen. Der Züchter freute sich über meine Idee, weil er mit der Katze sowieso nur noch Ärger hatte. Gewitzt machte er mir ein Angebot, das mich fast rücklings aus der Tür warf. Ein Preis, für den ich mir ein Haus kaufen könnte! Berta ließ mir aber einfach keine Ruhe, und so plünderte ich meine Sparbücher, kratzte alles zusammen, verkaufte mein teures Teeservice und hatte schließlich genug Geld beisammen."

Die Oma stoppt ihre Erzählung und streichelt die schnurrende Berta, die zustimmend mit den Augen blinzelt. Die Kinder sind ergriffen von dieser Geschichte und erkennen den warmen Blick in den Augen der Oma. Nun wissen sie, warum Berta immer in der Nähe ist und immer schnurrt. Und sie wissen auch, was sie der Oma zu Weihnachten schenken würden, nämlich ein Teeservice …

HUMMELN IM HINTERN

Der rote Himmel über dem Nebelschleier, der durch meinen kleinen Garten waberte, machte mir klar, dass heute ein wundervoller Tag bevorstand. Eingehüllt in meinen Morgenmantel stand ich am Fenster und beobachtete dieses herrliche Naturschauspiel. Wie jeden Morgen schlüpfte ich in meine Pantoffeln und ging die Steintreppchen hinunter in meinen Garten. Eine Kräuterart reihte sich dort an die andere, und wie jeden Morgen nahm ich meine gelbe Gießkanne, füllte sie mit Wasser und begann mit dem Gießen. Das Besteigen der Leiter, die an der Mauer lehnte, war auch an diesem Tag kein Problem. Dabei freute ich mich jedes Mal, als ich mir vorstellte, wie meine Nachbarin Trude vor Neid nur so erblassen musste beim Anblick meiner Tomaten. Seit zwei Wochen goss ich diese nun schon, und das Ergebnis konnte sich sehen lassen. Rund drei Meter ragten die Pflanzen mit den roten Früchten in die Höhe und hangelten sich die Straßenlaterne entlang. Als ich ganz oben auf meiner Leiter stand und langsam das Wasser emporfließen ließ, sah ich in der Ferne Herrn Walter, der gerade dabei war, eine Runde mit seinen heiß geliebten Goldfischen spazieren zu gehen. Ich winkte ihm freundlich zu und machte mich auf den langen Weg die Leiter hinunter. Für die mindestens fünf Meter lange Strecke brauchte ich einige Minuten. Im Garten angekommen, bemerkte ich das Klopfen an meiner Wohnungstür, das bereits durch das Haus in den Garten auf die andere Seite hallte. Ich flitzte also, schnell wie ich war, hinein und öffnete die Eingangstür. Davor stand ein Herr mittleren Alters, dessen jugendliches Gesicht mich sofort faszinierte. Spätestens beim Blick auf das vor meiner Tür parkende Auto wurde mir klar, was dieser von mir wollte. Die Bananenlieferung war da. Eine Woche zuvor hatte ich einen Brief in den Regenwald von Australien geschickt und darum gebeten, mir einige Kilos der energiereichen Urwaldbananen liefern zu lassen. So trug der nette Mann mittlerweile die vierte große Kiste mit den leckeren Früchten in meinen Hausflur, verabschiedete sich und ließ mich mit der Ware allein. Voller Vorfreude trug ich die zwei Dutzend Bananenkisten, stark und fit wie ich war, in das Wohnzimmer und öffnete mit Axt und Beil die erste davon. Ein herrlich süßer Duft stieg in meine Nase, und ich erinnerte mich wieder an die Fernsehwerbung. „Mit Urwaldbananen schaffen Sie jeden Marathon", hatte es geheißen, und das allein war für mich Grund genug, diese Bananen auch zu bestellen. Doch wo ich die weit über einhundert Kisten lagern könnte, hatte ich mir nicht überlegt. Also stapelte ich sie kurzerhand im Kühlschrank und nahm mir bereits die ersten zwanzig gelben Bananen aus der Kiste, um sie mir zuzubereiten. Ich zerdrückte sie und mischte sie im Anschluss mit Milch. Und was soll ich sagen? Bereits nach dem ersten Löffel merkte ich die Wirkung dieser unvergleichlich leckeren Urwaldbananen. Meine Füße begannen von allein zu zappeln, und ein Gefühl entstand, als könne ich sogleich Bäume ausreißen. „Jetzt gehst du eine Runde joggen wie jeden Vormittag", sagte ich mir, und kaum hatte ich diese Überlegung beendet, krachte mir der Löffel aus der Hand. Ein unbeschreiblich lautes Kreischen erhellte den Raum. Ich erschrak, machte mich dann aber auf den Weg in die Küche, da ich dachte, das Geräusch aus dieser Richtung vernommen zu haben. Vorsichtig öffnete ich den Kühlschrank.

Entsetzen machte sich breit. Ein überdimensional großer knallroter Pfirsich hatte sich in meinem Kühlschrank breitgemacht. Ein behaarter Pfirsich. Ein schreiender Pfirsich. Erst bei genauerem Betrachten erkannte ich den kleinen Kopf, der offensichtlich zu dem Pfirsich gehörte und sich sogleich als Pavianhintern herausstellte. Erleichtert von dem Wissen, dass es sich um keinen kreischenden Pfirsich, sondern nur um einen Pavian in meinem Kühlschrank handelte, hob ich das Äffchen heraus und trug es vorsichtig zu meiner Nachbarin Trude. Sie nahm das Tier dankend an sich und versicherte, sich gut zu kümmern. Schon auf dem Rückweg zu meinem Haus grübelte ich, ob ich nun zuerst einen Beschwerdebrief in den Urwald nach Australien schreiben sollte oder aber meine Laufschuhe aus dem Schrank räumen und mit meiner Jogging-runde beginnen sollte. Dabei fiel mir auf, dass die Wirkung der Bananen in der Zeit bereits etwas verloren ging, und so nahm ich mir aus den zwei Tonnen Bananen erneut 20 heraus und steckte mir diese in den Mund. Da war es wieder. Dieses Gefühl der unfassbaren Sportbereitschaft. Ich zog mir meine Turnschuhe an, stülpte mir mein gelbes Warnwestchen über und machte mich auf meine tägliche Laufstrecke. Schon auf den ersten Metern wurde mir klar, dass die Urwaldbananen genau das Richtige und jeden Cent wert waren. Erst viel später wurde mir klar, dass es sich bei dem orangenen und braunen langgezogenen Streifen, der rechts an mir vorbeizog, um Herrn Walter handeln musste, der noch immer mit seinem Goldfisch auf Wanderschaft war. Ich legte so kräftig an Tempo zu, dass ich Schwierigkeiten hatte, zu erkennen, wo ich mich gerade befand. Stundenlang ging das so. Ich sauste über Wälder und Wiesen, sprintete im Slalom durch die Nadelwälder, überholte Fahrradfahrer und Rehe, ja, flitzte sogar über unseren Nachbarsee. Auch dazu wurde mir später erst klar, dass bereits Jesus Christus die Fernsehwerbung mit den Urwaldbananen gesehen haben musste und sich, so wie ich, drei Tonnen davon liefern gelassen haben musste. Als die Wirkung langsam nachließ, rannte ich gerade einen Schulweg entlang. Eine Horde von kleinen Jungen und Mädchen wanderten mir entgegen. Da war es mir fast ein bisschen peinlich, dass ich im Vergleich zu den jungen Hüpfern so sportlich war. Als ich wieder bei mir zu Hause angekommen war, schlüpfte ich aus meinen Schuhen und dem Sportleibchen und setzte einen Brief für den Regenwald in Australien auf. Darin beschwerte ich mich über den versehentlich mitgeschickten Pavian, erklärte, dass ich die vier Tonnen Bananen für den Eigenbedarf benötigen würde und nicht vorhatte, einen kleinen Zoo einzurichten. Ich schrieb auch, dass meine Nachbarin Trude den Affen nun aufgenommen habe und sie sich keine Sorgen über die Zukunft des Tieres machen brauchten. Dann klebte ich eine Briefmarke darauf und legte mir das Kuvert auf die Kommode in den Hausflur.

DER TRAUMBERUF

Habe ich euch eigentlich schon erzählt, wie ich zu meinem Beruf gekommen bin? Verantwortlich dafür war eine einfache Zeitungsannonce. „Wer kann uns einen Bärendienst erweisen?" stand darin in schwarzen Lettern, herausgegeben von der weltweit bekannten Firma Nieschwohr. Also bewarb ich mich dort und bekam schon wenige Tage später die Zusage, nach Bonn für ein Bewerbungsgespräch kommen zu dürfen. Von Bonn hatte ich schon immer wieder von Bekannten gehört. Eine tolle Stadt, haben sie immer gesagt. So schickte ich meine Brieftaube los, um für mich ein Zimmer in der Stadt zu organisieren. Und ich kann euch sagen, ich war, dank meiner Brieftaube, in einem einzigartigen Hotel untergekommen. Schon der Eingang mutete an, als wäre ich Kaiser Napoleon und zu Besuch im Königshaus. Goldene Säulen ragten dutzende Meter in die Höhe, eine Musikkapelle spielte, Luftballons stiegen zu meinem Empfang in die Höhe und ein Empfangskomitee aus Bürgermeister, Gauklern und Butlern brachte mich, gefolgt von einer Kamelkarawane zu meinem

Zimmer. Dieses war so groß, dass sich allein vier Schlafzimmer, drei Bäder und fünf große, von Aquarien umgebene Wohnzimmer darin befanden.

Ich beschloss erst einmal, ein warmes Bad im Whirlpool zu nehmen und dabei den Blick auf die Weiten Bonns zu genießen. Drei gut gekleidete Geigenspieler standen auf meinem Balkon und beglückten mich von außen mit wundervoll zarter Violinenmusik. Weiße Tauben stiegen empor, als ich meinen ersten Fuß in die warme Wanne setzte. Als ich zwei Stunden später die goldene Glocke, die auf einem weißen Möbelstück neben der Wanne thronte, läutete, kamen Bedienstete herbeigeeilt, kleideten mich ein und trugen mich auf einer weichen Liege die vier Stockwerke nach unten. Dabei fächerten mir oberkörperfreie, muskulöse Männer mit vergoldeten Palmenblättern Luft zu, und wieder andere Butler reichten mir Trauben und Feigen. Diese nahm ich aber erst zu mir, als ich schon in der von 15 weißen Pferden gezogenen Kutsche saß und auf dem Weg zum Stammsitz der Firma Nieschwohr war. Man rollte mir dort einen roten Teppich aus und half mir aus der Kutsche heraus. Die 40 rabenschwarzen Pferde vor dieser schnaubten auf. Ein Herr, mindestens zwei Meter groß, lief auf mich zu und begrüßte mich in seinen „heiligen Hallen", wie er sein Werk selbst nannte. Ein großes, eisernes Tor öffnete sich und machte die Sicht auf eine unvorstellbar lange Halle im Inneren frei. Ganz langsam liefen wir über die Schwelle und wurden von etwa 500 Mitarbeitern begrüßt, die im Spalier dort standen, eine rote Rose in der Hand hielten und sich der Reihe nach vor mir verbeugten. Sofort war ich von dem leuchtenden Boden fasziniert. Er leuchtete in allen Farben. „Frau Luise Mai, herzlich willkommen bei Nieschwohr", flüsterte mir der fremde, große Mann zu und verbeugte sich ebenfalls vor mir. Erst jetzt bemerkte ich die lauten Fließbänder, die quer durch die ganze Halle bunte Gummibärchen transportierten.

Grüne, blaue, schwarze, weiße, silberne, goldene, rote und gelbe. Plötzlich hörte ich ein lautes Kreischen und spürte einen deutlichen Windhauch auf meinem Kopf. Mein Blick wanderte intuitiv nach oben. Ein Adler mit mindestens fünf Metern Spannweite fegte dicht unter dem Dach über uns hinweg, in seinem Schnabel eine große durchsichtige Tüte mit Gummibärchen. Er landete auf der anderen Seite der Lagerhalle und ließ den Beutel mit den Gummibärchen in einen Karton fallen. Ein beeindruckendes Erlebnis, das mir der Herr auch sogleich erklärte. Ein hauseigener Adler namens Friedolin sorge hier schon seit einigen Jahren für einen reibungslosen Ablauf im Warenausgang. Er kümmere sich persönlich darum, dass die Supermärkte in ganz Deutschland die gewünschten Produkte bekamen. Ich muss gestehen, dass mir bei diesem Gedanken in der Tat der Mund eine Zeit lang offen stand, doch der zwei Meter hohe Mann zog mich bereits am Arm und faselte etwas davon, dass er mir nun meinen Arbeitsplatz zeigen wolle. Ich ging also hinterher. Wir bogen am Ende der Halle in einen schmalen Gang ab, erreichten einen Aufzug und gingen hinein. Ein

Eisentor vor der eigentlichen Aufzugskabine verschloss sich, und der Aufzug setzte sich in Bewegung. Tief ging es hinunter, bestimmt mehrere Kilometer. Als sich das Eisentor unten wieder öffnete, hatte ich freie Sicht auf eine bezaubernde Winterlandschaft: Ein weißer Boden, bemalte Wände und Decken und sogar Wolken aus Watte, die über der Szenerie schwebten. In einer perfekten Reihe standen rund 50 verzierte Sessel. Darauf machten es sich ältere Herren und Damen gemütlich. Eingehüllt in ein weißes Tuch, sahen sie fast ein bisschen nach Engeln aus. Ein Sessel in der langen Reihe war noch frei, und mir war sofort klar, dass das mein neuer Arbeitsplatz sein sollte. Gemeinsam gingen wir die Reihe entlang, und erst jetzt sah ich, dass eine Art von Wasserrinnen geradewegs an den Sesseln vorbeiführte. Mit kleinen Angeln waren die Herren und Damen damit beschäftigt, Gummibärchentütchen aus dem treibenden Gewässer zu fischen und in Kisten zu packen. Kindheitserinnerungen wurden wach. Das Enten-angeln auf dem Rummel war für mich in der Kindheit immer die größte Freude gewesen. Der lange, dürre Herr erklärte mir, dass die

Mitarbeiter hier den ganzen Tag damit beschäftigt waren, die Tütchen aus dem Wasser zu ziehen und für den Versand vorzubereiten. „Könnten Sie sich das vorstellen, Frau Luise Mai?", fragte mich der Mann. Ich ging langsam auf den Sessel zu und sagte mit selbstsicherer Stimme: „Dafür muss ich erst einmal Probe sitzen". Ich machte es mir also auf diesem Sessel bequem und lächelte einem älteren Herrn zu, der neben mir gerade seine Angel in das fließende Wasser hielt. Ich winkte in seine Richtung und lehnte mich zurück. Es war wirklich ein sehr bequemer Stuhl, auf dem ich da saß. „Ich glaube, das könnte mir gefallen", sagte ich in Richtung des Mannes und sprang wieder vom weißen Sessel auf. Der Herr lächelte zum ersten Mal an diesem Tag, reichte mir seine Hand und führte mich einen weiteren Gang entlang. Zwei Butler kamen mit einer goldenen Truhe an, in deren Mitte ein rotes Samtkissen platziert war, auf dem ein Arbeitsvertrag lag. Ich unterzeichnete ihn und umarmte den langen Mann. Und genau so kam ich zu meinem traumhaften Beruf bei Nieschwohr in Bonn.

FLUG NACH AMERIKA

Es ist ein Erlebnis, das ich eigentlich vergessen möchte, doch die Geschichte ist so unglaublich, dass man wiederum meinen könnte, sie sei gelogen. Ich hatte den Besuch bei meiner Nichte in Amerika geplant und mir dafür eine passende Flugverbindung herausgesucht. Einige Tage später stand ich mit gepackten Koffern am Frankfurter Flughafen und gab all das Gepäck auf. Meine Nichte besuche ich nur alle vier Jahre, und daher waren meine Koffer dementsprechend mit jeder Menge Geschenke gefüllt. Die zweite Station führte mich zur Sicherheitskontrolle. Rund 20 Polizisten, darunter auch Soldaten und Spezialeinheiten, bis unter die Zähne bewaffnet, untersuchten mich. Im Anschluss daran ging es in das Flugzeug. Sitzplatz A3 in der 17. Reihe. Auf den beiden Sitzen rechts und links von mir hatten bereits zwei wohlbeleibte Männer Platz genommen. Ihr Gewicht drückte unsere Sitzreihe nicht nur einen halben Meter nach unten, es drückte mir auch beide Beine aneinander. Meinen Kopf konnte ich, eingeklemmt zwischen zwei übermäßig dicken Oberarmen von meinen Sitznachbarn rechts und links, ebenso nicht mehr bewegen. Doch beim Start dachte ich mir, dass das gar nicht so verkehrt sein kann, den Sturzhelm habe ich mir damit auf jeden Fall gespart. Wie in einen Schraubstock eingespannt saß ich da und konnte die Sicherheitseinweisung der Besatzung im vorderen Drittel des Flugzeuggangs auch nur schwer verfolgen. Als es auf die Startbahn ging, merkte ich deutlich, dass mein Atem schneller wurde. Gut, das hat vermutlich auch daran gelegen, dass die beiden Herren rechts und links von mir anscheinend bemerkten, sie würden nun noch ein wenig mehr Beinfreiheit benötigen und meine Beine daraufhin noch mehr zusammenquetschten. Ganz blau und lila waren sie schon, so abgequetscht wurden sie. Höflich, wie ich eben bin, sagte ich natürlich nichts und fragte mich zwischenzeitlich, ob den Herren überhaupt bewusst war, dass da noch eine Person zwischen ihnen saß. Wir waren keine fünf Minuten in der Luft, da hörte ich es schon. Das Kreischen eines kleinen Babys. Aus tiefster Seele und in einer Intensität, dass mir eine Gänsehaut entstand. Zumindest hatte ich das Gefühl, denn sehen konnte ich es ja nicht. Mein Kopf war derart eingeklemmt, dass ich lediglich nach vorne sehen konnte, und noch dazu nahm ich alles vergrößert wahr. Anscheinend lag das an meinen wegen des Drucks von rechts und links bereits herausgequollenen Augen. Da schrie also dieses Kind aus tiefster Seele und wollte einfach nicht mehr aufhören zu schreien. Währenddessen ertönte per Lautsprecherdurchsage die Stimme einer Stewardess, die höflich mitteilte, dass die Bordtoilette am Flughafen leider nicht geleert und deshalb nun gesperrt sei. Und das natürlich genau in dem Moment, als ich merkte, dass es mir vermutlich auch meine Blase zerquetscht hatte und ich dringend einmal das stille Örtchen aufsuchen müsste – auf einem Flug nach Amerika wohlgemerkt. Und als wäre es als Provokation gedacht, starteten die Servicekräfte just eine Minute nach der Durchsage mit dem Ausschank der Getränke. Dabei stolperte eine braunhaarige Stewardess auf Höhe der Reihe 12, in dessen Reihe ein wohl situierter Herr ein Glas Rotwein gewünscht hatte, und kippte das knallrote Getränk einmal quer über das kleine Stückchen Pullover, das von mir noch herausschaute. Die beiden Herren versuchten mit reibenden

Bewegungen die kleinen Flecken, die auch ihren Anzug erwischt hatten, zu entfernen, und zerrieben mein Gesicht dabei nahezu wie ein Pfefferkorn im Mörser. Zeitgleich schrie das Baby nach wie vor, und ein Junge im Alter von etwa sechs Jahren fragte seine Mutter hysterisch, wo er denn nun „hinmachen" könne, nachdem die Toilette ja gesperrt sei. Nach gewisser Zeit machte der Pilot dann noch eine Durchsage, in der er wortwörtlich sprach: „Bitte halten Sie sich fest, wir fliegen in ein Unwetter, ui, das blitzt ja ganz schön heftig". Festzuhalten brauchte ich mich nicht, ich klemmte ja bereits zwischen den dicken Oberschenkeln und Oberarmen zweier Geschäftsleute, beim Blick nach draußen wurde mir dann allerdings schon anders. Im Seitenwinkel entdeckte ich rabenschwarze Wolken und Blitze in der Ferne. Plötzlich wackelte das gesamte Flugzeug, sackte immer wieder mehrere Kilometer weit ab. Eine Stewardess schrie inzwischen mit dem Kleinkind im Chor, sämtliche Notfallsignale im Flugzeug sprangen an, und der Angstschweiß der beiden Männer rechts und links war nun auch deutlich wahrzunehmen. Auf einmal drehte sich das

Flugzeug auf den Bauch, und wir saßen kopfüber darin. Taschen, Hunde und Schuhe flogen uns um die Ohren, und zwei Servicemitarbeiter waren damit beschäftigt, die Toilettentür mit aller Gewalt festzuhalten, um größere Unannehmlichkeiten zu verhindern. Das Flugzeug drehte sich wieder auf die richtige Seite, was das kleine Baby zu noch lauterem Schreien veranlasste. Die vorher ebenfalls noch schreiende Stewardess lag mittlerweile bewusstlos im hinteren Teil des Flugzeuges und wurde von einer Kollegin sanft mit dem Ausgießen einer Wasserflasche über ihr Gesicht geweckt. Die Sauerstoffmasken waren bereits von der Decke gefallen, und die noch kalten Spaghetti, die eigentlich für das Abendessen gedacht waren, flogen quer durch das Flugzeug und landeten zu großen Teilen in meinem Gesicht. Ein Blitz rechts, ein Blitz links, und das Flugzeug wackelte von Minute zu Minute mehr. Als das Babygeschrei ruhiger wurde, hatte ich zum allerersten Mal so etwas wie Hoffnung, dass alles gut würde, doch dann bemerkte ich, dass das Geräusch nur von einem noch lauteren Geräusch überdeckt wurde. Mehrere Flugzeuge der Bundeswehr tauchten rechts und links neben unserem Fluggefährt auf, kreisten uns ein und warfen eine Art von Fangnetz über den langgestreckten Körper des Flugzeuges. Mit viel Feingefühl zogen sie uns so aus den dunklen Wolken in eine niedrigere Luftschicht. Wie tief genau, kann ich nicht sagen, da ich keine freie Sicht auf das Display vor mir hatte. Vier Spaghetti klebten mir unter der Augenbraue und versperrten mir den freien Blick. Ich weiß auch nicht mehr wie genau es dem Piloten und den anderen beteiligten Flugzeugen des Militärs gelang, aber sie brachten uns am Ende sicher nach Amerika. Dort angekommen, besuchte ich meine Nichte und berichtete von meinem Erlebnis. Bis heute zweifelt sie an der Wahrheit meiner Geschichte und behauptet, ich würde immer wieder maßlos übertreiben. Warum, kann ich in keinster Weise nachvollziehen.

AFFENTHEATER

Im cremeweißen Kleid mit rosa Blümchen steht Oma Luise vor dem Spiegel und kämmt sich die Haare. Vor drei Tagen ist sie beim Friseur gewesen, doch die Dauerwelle ist nicht mehr so, wie sie sich das vorgestellt hat. Was ihre Haare betrifft, ist Luise Mai, von allen Oma Luise genannt, sehr empfindlich. Die Frisur muss passen, sonst fühlt sie sich den ganzen Tag nicht wohl.

So kämmt sie vor sich hin, während ihr Teekessel zu pfeifen beginnt. Schnell noch ein paar Strähnen toupiert, einmal durch die Haare gefahren und dann ist sie doch zufrieden mit ihrer Lockenpracht. Oma Luise eilt in die Küche, bald werden ihre Gäste da sein, da muss sie vorher noch einen passenden Tee auswählen.

Oma Luise öffnet ihre Teelade und fährt mit dem Finger über die Kartonpackungen, in denen sich bunte Stoffsäckchen befinden. Sie schließt die Augen und nimmt einen tiefen Zug Teegeruch. Herrlich, denkt sie sich zufrieden und nimmt drei Säckchen „Tibetanische Tempelblume" aus der Lade und hängt sie in die große Teekanne aus

Porzellan. Dann nimmt Oma Luise den Teekessel und gießt das heiße Wasser über die Teebeutel.

„Ding-dong", hört sie dann auch schon. Oma Luise glättet ihr Kleid und schreitet zur Haustür. Dorle und Diana stehen vor der Türe, die beiden Zwillingsschwestern, die Oma Luise damals im Ferienlager kennengelernt hat. Seit Jahrzehnten sind die drei dicke Freundinnen. Dorle und Diana leben in zwei Wohnungen nebeneinander und treffen sich einmal die Woche mit Oma Luise. Manchmal gehen sie gemeinsam in den Zoo, und manchmal trinken sie Tee bei ihrer Freundin Luise.

Oma Luise begrüßt ihre Freundinnen und bittet sie herein. Dorle und Diana lächeln glücklich und setzen sich gleich auf die Terrasse in die geblümten Sitzpolster auf den Lehnstühlen. Bei Oma Luise ist es immer so gemütlich, und trotzdem versinkt man in den Stühlen nicht und muss auch kein Rückenweh fürchten, wenn man sich daraus erhebt. Oma bringt die Teekanne und gießt den beiden duftenden Tee in die Kannen. Für sich hat sie eine eigene kleine Kanne. Oma Luise hat zwar unglaublich viele Teesorten für ihre Gäste, aber sie selbst trinkt nur Verbene.

Warum, das ist eine andere Geschichte. Aber auch eine äußerst spannende.

Die drei Damen plaudern angeregt über die vergangenen Tage, in denen sie sich nicht gesehen haben. Dorle nimmt einen Schluck von ihrem Tee. „Köstlich", seufzt sie. „Luise! Was hast du uns denn heute wieder Schmackhaftes zubereitet? Dieser Tee ist traumhaft. Er ist lieblich und schmeckt nach Karamell, ist aber nicht zu süß. Perfekt!" Dorle kommt aus dem Schwärmen gar nicht mehr heraus. Diana ist jetzt auch neugierig und kostet den duftenden Tee. Auch sie ist begeistert. „Tja", sagt Oma Luise und setzt einen vielsagenden Blick auf, „dieser Tee ist aus der getrockneten tibetanischen Tempelblume, und ich habe ihn höchstpersönlich von einer Reise nach Tibet mitgebracht. Wie ich zu diesem Tee gekommen bin, ist eine abenteuerliche Geschichte, das glaubt ihr mir nicht!"

Wenn Oma Luise einen Satz so beendet, dann darf man sich ein bisschen tiefer in die Stühle kuscheln und ganz gespannt lauschen, denn dann kommt eine ihrer Geschichten, die ihre Freunde und Verwandten so lieben.

„Wird schon 30 Jahre her sein, als ich in Tibet war", überlegt Oma Luise. „Eine sehr schöne Reise war das. Ich bin mit einer Gruppe dort gewesen, auf einer geführten Tour. Wir haben uns sehr viel angesehen, Land und Leute kennengelernt."

Oma Luise unterbricht kurz und nimmt einen Schluck von ihrem eigenen Tee. „Wir haben uns auch Tempel angesehen in Tibet.

Sehr beeindruckend, vor allem die Kulisse, in denen diese Tempel stehen. Die Höhe, die Berglandschaft rundherum." Oma Luise erinnert sich gerne an diese Reise, die so lange her ist, aber immer noch sehr präsent in ihrer Erinnerung.

„Schon die Bauweise der Tempel ist so besonders, die geschmückten Dächer, die mitten in die bergige Kulisse ragen. Bunte Farben und Gold sieht man viel, das ist wirklich toll. Na ja, bei einem dieser Tempel sind uns sehr viele Affen begegnet. Affen sind in Tibet sehr bedeutende Tiere. Die, die ich gesehen habe, gehörten zur Gattung der Stumpfnasenaffen. Das ist eine sehr lustige Gattung, zumindest optisch. Die haben keine Nasen, da sind die Nasenlöcher direkt am Gesicht. Aber die kleinen Gesellen sind sehr flink und lustig und oft rund um die Tempel in Tibet zu Hause. Kein Wunder, hier gibt es ja auch viel zu sehen und viel zu holen."

Oma Luise macht eine Pause, nimmt einen Schluck Tee und bietet ihren zwei Freundinnen frisch gebackenen Stachelbeerkuchen an. Auch so eine Spezialität, auf die Oma Luise viel Wert legt – Kuchen aus ihren geliebten Stachelbeeren.

„Diese Affen habe ich mit Bananen versorgt, ich habe extra ein paar mitgenommen. Das hat mir Spaß gemacht. Sie sind immer wieder hergelaufen, haben mich schief angesehen und auf die Bananenstücke gewartet. Ich habe ganz kleine Stückchen gemacht, damit ich die Affen lange füttern kann." Dorle und Diana strahlen, denn die beiden sind sehr große Tierliebhaberinnen. Geschichten von Tieren mögen sie, da können sie sich richtig gut in die Situation hineinversetzen. „Ein Affe war dabei, der hat nur ein Bananenstück genommen, und nachdem er es verspeist hatte, zupfte er mich am Ärmel, um gleich wieder wegzulaufen. Mehrmals machte er das. Er blieb ein bisschen weiter weg stehen und schaute mich an. Dann kam er wieder und zupfte mich am Ärmel. Zuerst habe ich gedacht, er will spielen, doch dann kam er plötzlich mit einer Handvoll Blätter wieder. Er hielt mir die Blätter hin. Ich nahm sie und roch. Köstlich war das! Diese Blätter rochen nach feinstem Karamell, aber nicht zu süß. Schließlich ging ich dem Affen nach, und er führte mich zu einem großen Strauch, nicht hoch, aber sehr buschig. Dort blickte mich der Affe mit großen Augen an. Ich verstand plötzlich – er wollte sich für die Banane bedanken und mir auch etwas schenken!"

Dorle und Diana kommen fast die Tränen in die Augen. Wie rührend!

„Ich pflückte die Blüten und Blätter von diesem Strauch und versank in dem Geruch. Vor meinem geistigen Auge sah ich schon neue Teesäckchen in meiner Lade."

Oma Luise erfuhr dann, dass es sich um die „Tibetanische Tempelblume" handelte und die Blüten tatsächlich auch für Tee zu verwenden seien. Zu Hause trocknete Oma Luise damals ihre Beute und füllte sie in kleine Stoffsäckchen. Ob die allerdings nach 30 Jahren immer noch so aromatisch sind, wird hier nicht beantwortet …

DIE RETTUNG DES OSTERFESTES

Vom Eis befreit waren die Bäche und Flüsse im Frühjahr 1973 bereits Anfang März. Unser Sohn war gerade sieben Jahre alt geworden und hatte die erste Klasse erfolgreich hinter sich gebracht. Traditionell verbrachten wir den Ostersonntag mit einer Wanderung im Grünen. So stiegen meine Frau Paula, unser Sohn Paul und ich schon im Morgengrauen in den Wagen und fuhren aufs Land. Ich kannte einen verträumten Wald, durch den sich ein kleiner Bach schlängelte. Das Gelände war dort sehr hügelig, und es gab Höhlen, die in die Berge eingelassen waren.

Diese Höhlen hatten etwas Mystisches an sich. Und so wiederholte es sich auch in diesem Jahr, dass ich meinem Sohn allerlei märchenhafte Geschichten über diese Höhlen erzählte. Ich erfand allerlei spannende Abenteuer über zauberhafte Gestalten, die in diesen Höhlen lebten. Heute zu Ostern entschied ich mich natürlich für eine Geschichte über den Osterhasen. Nach zwei Stunden gemütlichen Spazierens gelangten wir an eine besonders große

Höhle im Wald. Nachdem ich meinem Sohn Paul erzählt hatte, dass hier der Osterhase wohnt, war sein Interesse an dieser Höhle natürlich umso größer. Ich erzählte, dass man diese Höhle die Osterhöhle nannte, da hier der Osterhase mit seinen Helfern die Ostergeschenke für die Kinder sammelte. Anschließend hoppelte der Osterhase von hier aus durchs Land, um die Ostergeschenke in den Gärten und Häusern zu verstecken. Paul lauschte meiner Geschichte mit großem Interesse. Als ich meine Ausführungen beendete, sah er mich mit großen Augen an. Nachdem wir noch ein kleines Picknick im Wald gemacht hatten, liefen wir langsam zurück zum Auto.

Auf der Rückfahrt begann es bereits zu dämmern. Auf der Landstraße zurück in die Stadt durchfuhren wir viele Dörfer. In manchen zündeten die Bewohner bereits die Osterfeuer an. Auf der halben Strecke etwa geschah das Unglück. Als wir durch ein kleines Birken-wäldchen fuhren, sprang plötzlich vor mir ein Hase auf die Straße. Für eine Vollbremsung fehlte die Zeit. Außerdem wollte ich die Gesundheit meiner Familie nicht aufs Spiel setzen. Nach einem kurzen Schockmoment hielt ich den Wagen an, und wir stiegen aus. Der Hase lag leblos einige Meter hinter dem Wagen. Erschrocken und mit Tränen in den Augen sah mein Sohn Paul mich an. „War das der Osterhase?", fragte er leise flüsternd. „Fällt das Osterfest jetzt aus?"

Nachdem ich mich gesammelt hatte, nahm ich meinen Sohn in den Arm und erzählte ihm eine weitere Geschichte. Ich begann zu erzählen, dass der tote Hase nicht der Osterhase sei, sondern nur einer seiner Helfer. Außerdem benötigte er nur neue Energie, und dann würde er wieder

lebendig sein. Diese Energie könne er jedoch nur in der Osterhöhle erhalten. Und so packten wir den leblosen Hasen vorsichtig ins Auto und fuhren den gleichen Weg zurück, den wir soeben gekommen waren. Es war bereits finster, als wir zu dritt wieder an der Osterhöhle standen.

Vorsichtig legte ich den Hasen am Eingang der Höhle ab. Ich erzählte, dass es nun einige Stunden dauern würde, bis der Hase wieder zum Leben erwachte. Das Gesicht von Paul hellte sich innerhalb von Sekunden wieder auf, und wir konnten entspannt nach Hause fahren. Ostern war gerettet.

BLÜMCHENKAFFEE

Es war ein spätherbstlicher Sonntagnachmittag, und Trinchen Berger machte sich auf den Weg zum Kaffeeklatsch. Diese sonntäglichen Treffen mit ihren ehemaligen Arbeitskolleginnen waren ihr seit vielen Jahren lieb, und deshalb summte sie fröhlich vor sich hin, als sie beschwingt den gewohnten Weg zum „Café Adler" einschlug.

Sie war erst ein paar Schritte den Gehsteig entlanggegangen, als eine selbstbewusste Stimme von hinten sie zusammenzucken ließ. „Na, Trinchen, was summst du denn so? Bist du ein Bienchen?" Sie blieb stehen und drehte sich um. „Hach, Luise, hast du mich erschreckt!" Vor ihr stand Luise Mai, und ihr breites Grinsen schien zu sagen: Ja, Trinchen, ich wollte dich auch erschrecken! Doch der Mund von Oma Luise sagte nur: „Ach, das tut mir leid. Wohin des Wegs?" Trinchens Augenlider flatterten, und die Pupillen versuchten, in alle Richtungen gleichzeitig zu blicken. Aber ihr fiel auf die Schnelle keine glaubhafte Flunkerei ein, darum sagte sie nach kurzem Zögern: „Ins Café Adler, Freundinnen treffen." Oma Luises Augen

weiteten sich, und erschrocken öffnete sich ihr Mund. „Ins Café Adler?", fragte sie fassungslos. Trinchen spürte ein Unbehagen den Rücken hochkriechen. „Äh, ja, wieso?" Oma Luise
schüttelte den Kopf. „Na, da muss ich dir was erzählen", raunte sie geheimnisvoll und zog Trinchen auf eine nahe Parkbank.

„Ich war vor zwei Wochen mit Herbert im Café Adler. Du kennst doch Herbert, dieser Junge, der mir früher immer das Fahrrad repariert hat. Der mit den rosa Haaren, also heute nicht mehr, die Haare meine ich, heute ist er Lehrer und hat mir den Küchentisch repariert, und mit dem war ich im Café Adler, also mit Herbert, nicht dem Tisch." Trinchen blinzelte verwirrt, doch Oma Luise fuhr unbeirrt fort. „Wir bestellen also Kaffee, und das dauert und dauert.
Wir unterhalten uns zwar nett, aber irgendwann frage ich die Bedienung dann doch mal, wo der Kaffee bleibt. Und die verspricht, dass sie nach-schauen will. Und was soll ich dir sagen? Sie kam niemals wieder!"
Oma Luise machte eine Kunstpause, und Trinchen sah sich genötigt zu fragen: „Wer kam

niemals wieder? Die Bedienung?" Oma Luise nickte bedeutungsschwer. „Ganz genau. Die Bedienung. Kam nicht wieder. Ich bin also aufgestanden und wollte nachsehen, wo sie bleiben, die Bedienung und der Kaffee. An der Theke war kein Mensch, auch keine Kaffeemaschine. Da dachte ich, vielleicht sind sie in der Küche. Du weißt ja, die haben im Café Adler diese altmodischen Küchen-Schwingtüren mit Bullaugen. Ich habe mich da also hingestellt und auf Zehenspitzen durch die Bullaugen gelugt. Und weißt du, was ich da gesehen habe?" Trinchen schluckte. „Nichts!", hauchte Oma Luise. „Und weißt du, warum?" Trinchen schüttelte den Kopf, und Oma Luise fuhr fort: „Weil das Glas beschlagen war, wie in einem Dampfbad. Da musste eine enorme Hitze herrschen in der Küche, und ich fragte mich: Ja ist denn da ein Dampfkochtopf explodiert? Ein Wasserkocher außer Rand und Band? Ein Feuer ausgebrochen?" Trinchen nickte und zuckte zusammen, als Oma Luise sie anfuhr: „Ja das glaubst du vielleicht! Ich hab' das auch gedacht und deshalb den Herbert hergerufen. Aber das war viel schlimmer, grauenhaft, unbeschreiblich!

Ich also zum Herbert: ‚Herbert, schau mal nach, was da drin los ist!' Und der Herbert, so richtig zögerlich, so kenne ich den gar nicht, macht die Tür auf, ein Schwall Dampf kommt raus, und er springt gleich fünf Meter zurück. Also Männer heutzutage, ich sag's dir! Alles so vollbärtige Muttersöhnchen mit Wollmütze. Ich hab' also dem Herbert die Wollmütze vom Kopf gerissen, hab' sie mir vor die Nase gehalten und bin selber in die Küche gestürmt. Und weißt du, was da los war?" Trinchen hing nun an ihren Lippen, hatte ihre Augen weit aufgerissen und flüsterte nur ein leises „Nun sag schon".

Doch Oma Luise hielt inne, nestelte in ihrer Handtasche und fischte eine Tablettendose hervor, der sie drei große Kapseln entnahm. Sie schluckte sie trocken hinunter. „Hach, das ist besser", keuchte sie. „Ich darf mich nicht mehr so aufregen. Wo war ich?" Sie blickte Trinchen fragend an. „In der Küche!", rief Trinchen. „Du bist reingestürmt! Was da los war!" Oma Luise nickte. „Ach ja, richtig. Das kannst du dir nicht vorstellen!" Trinchens Gesicht war nun die fleischgewordene Aufmerksamkeit, und ihr Körper war gespannt nach vorne gebeugt. Auch

Oma Luise beugte sich nun vor und raunte bedeutungsschwanger: „Blümchenkaffee." Dann lehnte sie sich zurück und nickte vielsagend. Trinchen sah sie ratlos an. „Blümchenkaffee?" „Blümchenkaffee." Trinchen sammelte sich. „Was ist denn Blümchenkaffee?"

Oma Luise war ernsthaft erstaunt. „Du kennst Blümchenkaffee nicht? Hast Du denn die 60er verschlafen?" Trinchen schüttelte ratlos den Kopf. Oma Luise seufzte und setzte ihre belehrende Miene auf. „Blümchenkaffee, mein liebes Trinchen, ist, wenn man Kaffee trinken will, aber einem der Kaffee zu wenig Wirkung hat. Dann tut man da Blümchen rein. In den 60ern waren das meistens Mohnblümchen, aber ich glaube, dieser komische Koch im Café Adler hat da eher so neumodische Tabletten in Blümchenform benutzt." Trinchen war entsetzt. „Was? Drogen? Im Café Adler?" Oma Luise nickte ernst. „Auf dem Küchenboden lagen sie, im Dunst der Wasserdampfwolke des Cappuccino-aufschäumers. Der Koch, die Bedienung, der Inhaber und seine Frau." „Was?", rief Trinchen. „Herr Adler? Der ist doch schon fast 80!" Oma Luise nickte. „Ja. Und 1968 war er 29. Denk mal drüber nach." Trinchen dachte. „Unglaublich", sagte sie. Oma Luise nickte. „Hast du dich nie gefragt, warum du Sonntagabend nach deinem Kaffeekränzchen immer so gut schläfst? Oder warum mein Enkel letzten Fasching erzählt hat, er habe einen rosa Elefanten durch die Luft fliegen sehen? Der hatte kurz vorher Krapfen vom Café Adler gegessen!" Trinchen zitterte. „Oh Gott!" Die Lust aufs Kaffeekränzchen war ihr vergangen. „Ich glaube, ich muss mich hinlegen." Trinchen verabschiedete sich, stand auf und machte sich auf den Heimweg. Das musste sie ihren ehemaligen Arbeitskollegen erzählen, da war wohl einmal wieder ein Lokalwechsel angesagt. Oma Luise tippte derweil eine SMS in ihr Handy und lächelte. Sie dachte an den Sommer 1968 und an einen gewissen hochnäsigen Angeber, dem sie damals auf den Leim gegangen war. Osho Badhiwa hatte der sich genannt. Bürgerlicher Name: Oskar Adler.

Sehr geehrte Leserinnen und Leser,

stetig sind wir bemüht, Ihnen interessante und spannende Buchprojekte zu präsentieren. Dabei versuchen wir auch, Ihnen möglichst professionelle und unterhaltsame Texte anzubieten. Alle diese Texte werden mit großer Liebe und Hingabe erstellt und anschließend von einem professionellen Korrektor geprüft. Dennoch kann es vorkommen, dass sich der ein oder andere kleine Fehler trotz aller Sorgfalt eingeschlichen hat. Sollte das der Fall sein, bitten wir, dies zu entschuldigen. Über eine kurze Info- bzw. Fehler-E-Mail würden wir uns freuen, sodass wir diesen Fehler zeitnah entfernen können.

Wir wünschen Ihnen weiter viel Vergnügen mit unseren Büchern und verbleiben mit freundlichen Grüßen

Denis Geier
Proiektleiter

Quellenangabe:

Das Aktivierungscoach Autorenteam:

Liste der Mitwirkenden Autoren: Autor von „Katzenjammer" A-028999/ Pseudonym, Autor von „Hummeln im Hintern" Simon Fischer/ Pseudonym, Autor von „ Der Traumberuf" Simon Fischer / Pseudonym, Autor von „Das Ei des Kolumbus" Tom12 / Pseudonym, Autor von „Flug nach Amerika" Simon Fischer / Pseudonym, Autor von „Affentheater" A-028999 / Pseudonym, Autor: Autor der Geschichte: „Die Rettung des Osterfestes" Paul F. / Pseudonym, Autor von „Blümchenkaffee" Daniel Glorigs / Pseudonym, Autor von „Klappentext" Denis Geier.

Mit Illustrationen von macrovector © canstockphoto.de